Trinity*

Die traurige Prinzessin

Der Prinz und die Prinzessin

Es war einmal ein Prinz und eine
Prinzessin, die liebten sich sehr.
Sie lebten in einem wunderschönen
Schloss und waren voller Liebe
zueinander.
Der eine konnte das Herz des anderen
hören und fühlen.
Beide hatten die gleichen Gedanken,
das gleiche Fühlen und die gleichen
Träume.
Der eine war der andere.
Es gab keine Ängste, keine Zweifel
und kein Misstrauen.
Nie gab es eine größere Liebe als
diese.
Alle Menschen waren glücklich in
ihrer Nähe, weil sie mit ihrer Liebe
ihr Umfeld erstrahlen ließen, wie die
Sonne das Meer.
Das Land war voller Reichtum und
Frieden, überall dort, wo die Strahlen

der beiden die Herzen der anderen
berührten.

Die Hexe

Da begab es sich, dass eine Hexe in
ihr Land kam, die keinen Prinzen
mehr hatte.
Deshalb war sie einsam, traurig und
voller Neid und Missgunst auf all jene,
die glücklicher waren als sie selbst.
Das Glück der anderen tat ihr weh,
weil sie dadurch an ihren eigenen
Verlust erinnert wurde.
Deshalb tat sie alles, um das Glück
der anderen zu zerstören.
Sie trieb einen Keil in all jene, die
nicht so traurig und einsam waren wie
sie selbst.
Sie schürte Ängste, Zweifel und
Misstrauen und legte traurige
Gedanken und Gefühle in die Herzen
all jener, die vorher nicht so gefühlt
und gedacht hatten als sie.
Sie verhexte sie so sehr, dass all die
glücklichen Paare anfingen, das Herz

ihres Prinzen und ihrer Prinzessin
nicht mehr zu fühlen.
Dadurch verdunkelte sich das Land
immer mehr, da es immer mehr Hexen
im Land gab, anstatt glücklicher
Prinzen und Prinzessinnen.
Bis es darin keinen einzigen
Lichtstrahl mehr zu finden gab, der an
die ehemalige Liebe der glücklichen
Paare erinnerte.

Die Fremde

Einsam und traurig machte sich die
Prinzessin nun auf den Weg, ohne
ihren Prinzen.
Sie wusste nicht mehr, was ihr
eigentlich fehlte und was sie suchte,
nur wollte sie irgendwie diesen tiefen
Schmerz in ihr wieder loswerden,
der sie überall mit hinbegleitete.
Als sie damit so alleine auf der Straße
ging, traf sie eine alte Frau, die ihr von
einer Stadt erzählte, in der alle
genauso unglücklich waren wie sie
selbst. Da beschloss die Prinzessin,
dort hinzugehen.
Vielleicht war dort ja jemand, der
ihr helfen konnte, weil es ihm ja
genauso erging wie ihr selbst.
Je näher sie der Stadt jedoch kam,
desto merkwürdiger wurde es ihr.
Schon von Weitem hörte sie lautes
Lachen und Jubilieren.

War so eine Stadt, die angeblich Trauer trug? Als sie in der Stadt ankam, traute sie ihren Augen nicht. Die Menschen dort schauten überhaupt nicht traurig oder unglücklich aus. „Was hat mir da die alte Frau erzählt?", fragte sich die Prinzessin, "Hier ist ja gar keiner unglücklich und traurig!"
In dem Moment tippte sie jemand von hinten auf die Schulter.
Es war die alte Frau, die ihr von der Stadt erzählt hatte.
„Hier ist ja gar keiner unglücklich!", sagte die Prinzessin. Da antwortete die alte Frau: „Sie feiern hier das Hula-Musa-Fest, das Fest des Vergessens. Das feiern sie zu jeder Tages- und Nachtzeit." Da wusste die Prinzessin, dass die alte Frau doch recht hatte und sie verließ schnell die Stadt, aber nicht, ohne sich vorher von der alten Frau verabschiedet zu haben.

Die zehn traurigsten Herrscher

Ihr nächster Weg brachte sie ins
Land der zehn traurigsten Herrscher.
Sie waren aus demselben Grunde
traurig wie die Prinzessin, nur hatten
sie es noch mehr vergessen.
Sie wussten zwar noch, dass es
irgendetwas gab, was ihren Schmerz
verursacht hatte, doch sie konnten
sich nicht mehr erinnern, was es war.
Sie wussten nur noch, dass sie keine
Kontrolle darüber hatten, und deshalb
versuchten sie, nie mehr die Kontrolle
in ihrem Leben zu verlieren.
Aus diesem Grunde bauten sie eine
Maschine, mit der sie so viel Geld
drucken konnten, wie sie wollten.
Sie dachten, wenn sie sich alles
kaufen konnten, dann haben sie auch
die Kontrolle über alles.
Da sie die Einzigen im Land waren,
die so eine Maschine besaßen,

waren sie auch die Mächtigsten.
Jeder, der sich etwas kaufen wollte,
musste zu ihnen.
So verliehen sie dann den Menschen
ihr Geld, für das diese dann noch
einmal extra bezahlen mussten,
da sie ihnen ja das Geld liehen.
Dadurch wurde alles sehr viel teurer
im Land.
Die Menschen mussten doppelt so viel
arbeiten, um den zehn traurigsten
Herrschern ihr Geld wieder
zurückzahlen zu können.
So hatten die zehn traurigsten
Herrscher die komplette Kontrolle
über alle Menschen im Land.
Keiner konnte sich etwas kaufen,
ohne dass es die zehn traurigsten
Herrscher nicht wollten.
Alle mussten genau das machen,
was die zehn traurigsten Herrscher
sagten und wenn die zehn traurigsten
Herrscher einmal ganz besonders

traurig waren, dann machten sie
einfach alles kaputt, was sich die
Menschen, durch ihre harte Arbeit,
aufgebaut hatten.
Damit sie sich wieder Geld von den
zehn traurigsten Herrschern leihen
mussten.
Den Menschen fiel dies aber nicht
weiter auf, da sie selbst mit ihrer
Trauer beschäftigt waren.
Gab es einmal einen, der erkannt
hatte, wie traurig die zehn traurigsten
Herrscher wirklich waren, dann wurde
er von ihnen sofort in den Kerker
geschmissen.
Es sollte niemand wissen, wie traurig
die zehn traurigsten Herrscher waren
und um es auch weiterhin geheim zu
halten, ließen die zehn traurigsten
Herrscher überall im Land Zettel
anschlagen, auf denen stand, wie
glücklich sie doch waren.
Außerdem gaben sie den Menschen

immer noch auch so viel Geld, damit diese, so oft wie möglich, in die Stadt des Vergessens reisen konnten.
„Das ist wirklich alles sehr, sehr traurig!", dachte sich die Prinzessin und verließ schnell das Land.

Die versteckten Prinzessinnen

Ihr nächster Weg brachte sie ins Land
der versteckten Prinzessinnen.
„Ah", dachte sich die Prinzessin,
„Hier muss ich ja genau richtig sein."
Sie freute sich schon, in die nächste
Stadt zu gelangen, um mit den anderen
Prinzessinnen sprechen zu können.
Als sie jedoch dort ankam, traf sie
keine einzige Prinzessin auf der
Straße.
Die Stadt war wie ausgestorben.
An den Fenstern hingen schwarze
Tücher und die Türen waren mit
großen Schlössern versehen.
„So eine Stadt habe ich ja noch nie
gesehen!", dachte sich die Prinzessin,
„Hier ist ja genau das Gegenteil von
der „Vergessenen Stadt"! Es gibt
niemanden, mit dem ich reden kann!"
Da fühlte sie sich noch einsamer und
trauriger, als sie es ohnehin schon war.

Sie setzte sich auf einen Stein und
weinte bitterlich.

In dem Moment tippte sie jemand von
hinten auf die Schulter.

Es war die alte Frau, die sie schon in
der „Vergessenen Stadt" getroffen
hatte.

„Was ist denn hier passiert?", fragte
sie die alte Frau und diese antwortete:
„Die Prinzessinnen in diesem Land
glauben, wenn sie sich hinter
schwarzen Tüchern und
verschlossenen Türen verstecken, dass
sie so der Schmerz nicht finden kann."

„Das ist ja furchtbar!", meinte die
Prinzessin. „Ja, das ist es!", antwortete
die alte Frau.

Da wurde die Prinzessin noch
trauriger und sie beschloss, so schnell
wie möglich, diese Stadt und das Land
wieder zu verlassen, aber nicht, ohne
sich vorher von der alten Frau
verabschiedet zu haben.

Das Land, in dem alles gleich war

Ihr nächster Weg brachte sie in ein
sehr merkwürdiges Land.
Überall, wo die Prinzessin hinschaute,
sah alles gleich aus.
Die Felder hatten alle das gleiche
Aussehen und es gab kein einziges
Unkraut, das die Prinzessin dort sehen
konnte.
Ein Feld schaute genauso aus wie das
andere und jedes Feld hatte genau die
gleiche Pflanze.
„Das ist aber traurig!", dachte sich die
Prinzessin, „Hier darf anscheinend nur
diese eine Pflanze wachsen."
Das wollte die Prinzessin genauer
wissen, deshalb ging sie in die nächste
Stadt.
Als sie dort ankam, hatte sie so etwas
noch nie gesehen.
Auch die Menschen in der Stadt
schauten alle gleich aus.

So wie ihre Felder.
Jeder hatte das Gleiche an und jeder
sprach auch so wie der andere.
Das ganze Land schaute irgendwie
gleich aus.
Die Prinzessin zögerte aber nicht
und sprach einen alten Mann an
der am Straßenrand saß und diese
„Gleiche Pflanze" verkaufte.
„Was ist denn hier passiert?", fragte
sie den alten Mann, „Hier schaut ja
alles gleich aus!"
Da antwortete der alte Mann:
„Es begann vor langer Zeit, als ich
noch ein Kind war, da kam ein
Fremder in unser Land, der versprach
den Menschen, sie von ihrer Trauer zu
befreien.
Er brachte den Menschen als
Geschenk eine Pflanze mit und sagte,
dass diese sie für alle Zeit ernähren
könnte und dass sie keine Angst mehr
vor dem Unkraut haben müssten,

welches auf ihren Feldern wuchs.
Die Menschen waren sofort Feuer und
Flamme, ob dieses Versprechens und
sie pflanzten überall nur noch diese
Pflanze.
Diejenigen, die jedoch etwas
vorsichtiger waren und diese Pflanze
nicht aussäen wollten, weil ihnen ihre
alten Pflanzen sehr gut schmeckten
und sie mit dem Unkraut auch sehr gut
zurechtkamen, konnten sich
jedoch gegen diese neue Pflanze
nicht wehren. Diese Pflanze hatte
nämlich die Eigenschaft, die anderen
Pflanzen um sie herum zu zerstören.
So gab es bald im ganzen Land keine
alten Pflanzen mehr, welche die
Menschen schon seit Generationen
ernährt hatten.
Aber es kam noch schlimmer.
Nun, nachdem die alten Pflanzen
alle zerstört waren, wollte der Fremde
von den Menschen, Geld für seine

Pflanze, da sie schließlich von ihm kam und so musste jeder, der etwas zum Essen haben wollte, Geld an diesen Mann zahlen, wo es doch früher alles umsonst war.

Das machte die Menschen im Land sehr arm und noch trauriger, als sie es ohnehin schon waren. Nun waren sie alle von diesem Fremden abhängig, da er der Einzige war, der die Saat für diese Pflanze hatte und sie sonst nichts mehr zum Essen hatten.“ „Das ist ja schrecklich!“, sagte die Prinzessin, „Kann man dagegen denn gar nichts machen?“. „Nein!“, antwortete der alte Mann, „Diejenigen, die es versucht haben, wurden in den Kerker geschmissen!“

„Das ist ja schrecklich!“, sagte die Prinzessin, „In so einem Land will ich nicht länger bleiben, in dem alle das Gleiche essen müssen!“, und sie verließ schnell das Land.

Das Land der Humba-Krombos

„Es muss doch hier irgendwo auf
dieser Welt noch ein Land geben,
in dem ich jemanden finden kann,
der meinen Schmerz etwas lindert!?",
dachte sich die Prinzessin und begab
sich mit diesem Gedanken weiter auf
ihre Reise.
Als sie im nächsten Land ankam,
sah es schon von Weitem sehr düster
aus.
Sie überlegte sich erst noch, ob sie
dort überhaupt hineingehen sollte,
doch da sie noch nicht gefunden hatte,
wonach sie suchte, betrat sie es.
Die Menschen dort schauten alle
sehr ängstlich aus.
Irgendwie liefen sie alle gebückt
herum und trauten sich gar nicht,
sich gegenseitig in die Augen zu
schauen.
„Was ist denn hier passiert?",

fragte sich die Prinzessin.
So viele ängstliche Leute auf einem
Haufen hatte sie ja noch nie gesehen.
Wie sollte sie aber einen dieser
Menschen ansprechen, da es so schien,
dass sie alle gleich vor ihr davonlaufen
würden, wenn sie nur in ihre Nähe
kam.
Die Prinzessin war aber zu neugierig,
um sich davon abschrecken zu lassen,
und deshalb ging sie ganz schnell auf
ein kleines Mädchen zu, das nicht so
lange Beine hatte als sie selbst.
Sie fragte das kleine Mädchen:
„Warum habt ihr hier denn alle
so viel Angst?", und das kleine
Mädchen antwortete: „Pst, sei ruhig,
sonst kommen die Humba-Krombos!"
„Wer in aller Welt sind die Humba-
Krombos?", fragte die Prinzessin,
von denen hatte sie ja noch nie
gehört.
Das kleine Mädchen antwortete:

„Die Humba-Krombos kommen immer dann, wenn die Menschen nicht das sagen, was die Humba-Krombos hören wollen", und sie fuhr fort: „Neulich zum Beispiel, hat ein junger Mann gefragt, warum wir hier alle die gleiche Pflanze essen müssen und warum hier keiner eine Maschine hat, die Geld drucken kann, außer den zehn traurigsten Herrschern, da kamen gleich die Humba-Krombos und haben ihn mitgenommen.
Er wurde nie wieder gesehen."
„Das ist aber seltsam", sagte die Prinzessin, denn bis dahin dachte sie, dass es die zehn traurigsten Herrscher und den Mann mit der Pflanze nur in den anderen Ländern gab.
„Und was sagen dann die zehn traurigsten Herrscher und der Mann mit der Pflanze dazu?", fragte die Prinzessin.
„Die sagen, dass sie uns gegen die

Humba-Krombos beschützen wollen,
aber irgendwie schaffen sie das nicht.
Die Humba-Krombos sind überall und
sie verbreiten Angst und Schrecken im
ganzen Land", antwortete das kleine
Mädchen.
Da sagte sich die Prinzessin:
„In so einem Land, in dem so viel
Angst herrscht, will ich nicht länger
sein", und sie verließ schnell das
Land.

Das Land der Gaukler

So langsam wurde der Prinzessin klar,
dass es wohl kein einziges Land mehr
gab, in dem die alte Hexe nicht
gewesen ist. Dennoch wollte sie die
Hoffnung nicht aufgeben und sie ging
weiter. Als sie in das nächste Land
kam, dachte sie: „Dieses Land schaut
doch ganz normal aus, vielleicht finde
ich hier mein Glück!"
Die Kinder tanzten auf den Straßen
und sangen und lachten.
„Irgendetwas stimmt hier aber auch
nicht", dachte sich die Prinzessin.
Die Menschen wirkten, als ob sie das
Ganze nur spielen würden. Wie die
Gaukler auf dem Jahrmarkt. Dies
wollte sie sich genauer ansehen.
Sie beobachtete die Menschen ganz
genau und erkannte, dass auch sie
traurig waren. Ihnen erging es nicht
anders wie ihr. Die Menschen dachten

jedoch, wenn sie so tun, als ob sie
nicht traurig sind, dann könnten sie
damit ihre Trauer überwinden.
Manche von ihnen taten sich sogar
als trauriger Prinz und als traurige
Prinzessin zusammen, um so zu tun,
als ob sie mit ihrem wahren Prinzen
und ihrer wahren Prinzessin
zusammen wären, doch dies konnte
natürlich nicht gut gehen.
Das Einzige, was sie dadurch
erreichten, war, dass nun zwei
Traurige zusammen waren und sich
somit ihre Trauer nur noch
verdoppelte.
Die Kinder, die so ein trauriges
Paar zusammen bekamen, wurden
 natürlich auch traurig geboren.
„Nein", dachte sich die Prinzessin,
„In so einem traurigen Land will ich
nicht sein!", und sie verließ schnell
das Land.

Die verschwundenen Tiere

So langsam wurde die Prinzessin
müde. Bis jetzt hatte sie nichts
gefunden, was ihre Trauer verringern
konnte. Dennoch setzte sie ihre Reise
fort. Im nächsten Land angekommen,
fiel ihr auf, dass es keine Tiere dort
auf der Straße gab. „Wie kann so
etwas denn sein?", fragte sich die
Prinzessin. Tiere machten ihr immer
so viel Freude in ihrer alten Heimat.
Es kann doch nicht sein, dass dies
die Menschen hier in diesem Land
nicht erkannt haben. Der Sache musste
sie näher auf den Grund gehen.
Als sie in der Stadt ankam, fragte
sie einen kleinen Jungen, der mit
einem Stein spielte: „Warum gibt es
hier denn keine Tiere in diesem
Land?", und der kleine Junge
antwortete: „Wir essen sie alle auf!"
Als die Prinzessin das hörte, erschrak

sie zutiefst. So etwas Grausames hatte
sie noch nie gehört.
Wie konnte so etwas nur geschehen?
Als ihr klar wurde, was für Leid
und Elend die Tiere deshalb ertragen
mussten, setzte sie sich hin und weinte
bitterlich. Sie weinte so viel, wie sie
noch nie zuvor geweint hatte.
Nie mehr wollte sie auch nur noch
einen Schritt weitergehen.
Da tippte sie jemand auf ihre Schulter.
Es war die alte Frau, die sie schon am
Anfang ihrer Reise getroffen hatte.
Die Prinzessin schaute sie mit
verweinten Augen an und fragte sie:
„Wie können die Menschen nur
so etwas Grausames tun?“, und die
alte Frau antwortete:
„Die Menschen essen die Traurigkeit
der Tiere, die ihre Eigene ist!“
Da verstand die Prinzessin.
Sie bedankte sich bei der alten
Frau und setzte ihre Reise fort.

Die vergessenen Kinder

Als sie im nächsten Land ankam,
bemerkte sie, dass es keine Kinder
auf der Straße gab.
„Das ist aber merkwürdig", dachte
sie, „Warum gibt es denn hier gar
keine Kinder?"
Um Näheres zu erfahren, ging sie in
die nächste Stadt.
Als sie dort ankam, fiel ihr auf, dass
es dort überall große Kerker gab, die
sie so zuvor noch nie gesehen hatte.
Sie ging zu einem alten Mann und
fragte ihn: „Wo sind denn eure Kinder
geblieben?", und der alte Mann
antwortete: „Die Mächtigen des
Landes sammeln sie und stecken sie in
große Kerker. Dort müssen sie dann
den ganzen Tag bleiben, getrennt von
ihren Geschwistern, Müttern und
Vätern!"
„Das ist ja schrecklich!", antwortete

die Prinzessin.

„Ja, das ist es!“, antwortete der alte
Mann.

Die Prinzessin fragte weiter: „Sind
denn die Mütter und Väter nicht
traurig, wenn sie ihre Kinder dann
den ganzen Tag nicht sehen können?“,
und der alte Mann antwortete: „Ja, das
sind sie, aber die Mächtigen zwingen
sie dazu, damit sie den ganzen Tag für
sie arbeiten können.“

„Das ist aber traurig“, dachte sich die
Prinzessin.

„Was machen dann die Kinder
den ganzen Tag?“, fragte die
Prinzessin und der alte Mann
antwortete: „Die Kinder werden von
den Mächtigen des Landes so erzogen,
dass sie, wenn sie groß sind, auch für
sie arbeiten, wie ihre Eltern.“

„Ja, aber da haben die Kinder ja
gar keine richtige Kindheit mehr!“,
sagte die Prinzessin.

„So ist es!", antwortete der alte Mann, "Deshalb werden auch viele von ihnen krank!"

„Was macht man dann mit ihnen?", fragte die Prinzessin, und der alte Mann antwortete: „Sie geben ihnen bittere Medizin, weil sie denken, dass dies helfen wird, gegen ihre Einsamkeit. Manchmal stecken sie die Kinder auch in andere Anstalten, weil sie dann glauben, dass die Kinder dort von ihrer Einsamkeit geheilt werden können!"

„Das ist ja schrecklich!", sagte die Prinzessin.

„Ja!", antwortete der alte Mann und fuhr fort: „Es gibt auch Mächtige, die rauben den Kindern ihre ganze Unschuld, in der Hoffnung, sie für sich zu haben!"

Da wurde es der Prinzessin sehr weh ums Herz und sie beschloss, dieses Land so schnell wie möglich wieder

zu verlassen.
Aber nicht, ohne sich vorher von dem alten Mann verabschiedet zu haben.

Der Weg nach Hause

So langsam hatte die Prinzessin
keine Lust mehr weiterzugehen.
Überall wo sie hinkam, begegnete
sie nur ihrer eigenen Traurigkeit.
„Was soll ich noch weiterlaufen?",
dachte sie, „Ich bin so weit gelaufen,
in der Hoffnung, jemanden zu finden,
der meinen Schmerz lindern könnte,
aber ich habe keinen gefunden.
Alle sind genauso traurig wie ich!"
Da fiel ihr ein, dass jemand von einem
traurigen Prinzen berichtete, der
genauso wie sie auf der Suche war.
Das machte sie neugierig und so
beschloss sie, ihn zu suchen. Sie hörte,
dass er nicht weit von ihrem
ehemaligen Zuhause entfernt war, also
beschloss sie, wieder nach Hause
zurück zu gehen, um ihn dort zu
finden. Vielleicht konnte er ihr ja
helfen. „Wie mag es wohl jetzt dort

aussehen?", dachte sie.
Sie erinnerte sich an ihre
unbeschwerte Zeit damals und
irgendwie wurde sie traurig und
glücklich zugleich.
Sie traute sich nicht wirklich an
den Prinzen zu denken, denn sie hatte
Angst, dass auch er ihr nicht wirklich
weiterhelfen konnte, in ihrer
Traurigkeit.
Dennoch fasste sie den Mut und ging
weiter.
Schlimmer als in der ganzen Zeit
konnte es nicht werden, dachte sie.
Als sie schon fast in ihrer Heimat
angekommen war, begegnete ihr
noch einmal die alte Frau und die
Prinzessin fragte sie, ob sie sie nicht
noch ein kleines Stückchen ihres
Weges begleiten wollte.
Da die alte Frau gerade nichts
Besseres vorhatte, begleitete sie die
Prinzessin bis kurz vor ihr Schloss.

„So!“, sagte die alte Frau, „Dieses
letzte Stück musst du jetzt ganz alleine
gehen!“
Sie lächelte die Prinzessin noch
einmal an und verschwand für immer.
„Komisch!“, dachte sich da die
Prinzessin, „Irgendwie erinnerte mich
die alte Frau an die Hexe!“
Sie dachte aber nicht weiter darüber
nach, sondern ging weiter, voller
Hoffen und Bangen zugleich, in
Richtung ihres Schlosses.
„Was wird wohl sein, wenn mir der
Prinz auch nicht weiterhelfen kann, in
meiner Traurigkeit?“, dachte sie.
„Was ist, wenn ich meine Traurigkeit
nie mehr verlieren werde?“
Der Prinz war ihre letzte Hoffnung,
dass sich an ihrem Zustand noch etwas
ändern würde.
Sie spürte, dass er ihre letzte Chance
war, um wieder glücklich werden zu
können.

Als sie am Schloss ankam, kam im selben Augenblick auch der Prinz dort an und als sie sich beide tief und fest in die Augen schauten, da wussten sie in diesem Augenblick, dass es ihr Verlust von sich selbst war, der ihre Traurigkeit ausgelöst hatte.
Sie begannen in diesem Moment wieder gleich zu fühlen und zu denken und von da an wussten sie, dass sie schon immer zusammengehört hatten und auch immer zusammengehören werden.
Dass es keine Macht mehr geben wird, die sie jemals wieder voneinander trennen kann.
Da schlossen sie sich in die Arme und waren glücklich für immer.